내 인생의 바이블코드

황금알 시인선 86
내 인생의 바이블코드

초판발행일 | 2014년 6월 30일

지은이 | 윤유점
펴낸곳 | 도서출판 황금알
펴낸이 | 金永馥
선정위원 | 마종기 · 유안진 · 이수익 · 문인수
주 간 | 김영탁
편집실장 | 조경숙
표지디자인 | 칼라박스
주 소 | 110-510 서울시 종로구 동숭동 201-14 청기와빌라2차 104호
물류센타(직송 · 반품) | 100-272 서울시 중구 필동2가 124-6 1F
전 화 | 02)2275-9171
팩 스 | 02)2275-9172
이메일 | tibet21@hanmail.net
홈페이지 | http://goldegg21.com
출판등록 | 2003년 03월 26일(제300-2003-230호)

값은 뒤표지에 있습니다.

ISBN 978-89-97318-72-8-03810

내 인생의 바이블코드

윤유점 시집

황금알

맨

얼굴로

꼴

부리다

2014년 6월 서면에서

차 례

1부 내 인생의 바이블코드

2부 낙화의 유혹

3부 엔딩 크레딧

4부 즐거운 배설

1부

내 인생의 바이블코드

누구의

누구의

엄마며
아내고
딸이며
친구다

무수히

참견하고
사랑하고
비판하고
상처 주고

나는

누구를
버리지 못하는
보이지 않는

시선

내가

하지 않으면
안 될 것 같은
멈출 수 없는
오지랖

내가 잘하는

만화책을 보다가
키득키득
뛰다가 넘어져도
깔깔깔

여자는
웃음이 많으면 안 돼
어린 딸에게
아버지는 그렇게 말씀하셨다

난 여전히
잘 웃는다

이 세상은
고해로 가득해서
배꼽 빠지게 웃다가
눈물 나듯이

울다가
웃는다

내 인생의 바이블코드

수평선
수직선
사선

내 인생의 키워드 숨겨져 있다
우연을 가장한 계획된 설계였다

어느 시점 반복되는
해독할 수 없는 암호

기억할 수 없는 강
끊어졌다 이어졌다

믿을 수 없는
신의 마음 알 수 있을까

언어유희

나쁜 놈
빙긋이 웃는다

자기 생각은
타인의 언어에서 나온다며

내 입을 빌려
그가 나쁜 놈이라는 걸
인식시킨다는 것이다

정녕 나쁜 놈이라고 생각하는 것
그의 생각인지
나의 생각인지

그가 정말 나쁜 놈인지
알 수 없다는 것이다

언제나
교묘하게 존속되는
언어의 유희

거머리인생

피 맛본 지 오래,

사랑이란 오래 참고
오래 기다리는 것
살갗이 찢어지기를 기다리고
핏방울 떨어지기를 기다린다

그립다 그리워
당신과 만난 지 얼마나 오래던가
잘난 사람 똑똑한 사람 많아도
제 아무리 돈 많은 재벌이라도
피 맛은 똑같은 거야, 다 똑같아

비열하고 비겁한 인간들
스타킹 신고 장화 부츠도 신고
전신 수영복을 입고 헤엄쳐 다니는
한사코 약아빠진 인간들

그립다 그리워,
피 맛이 그립다

열애

머리와 맞닿듯 무겁게 내려앉은 하늘
먹구름 몰려와 억수비 내린다

튀어 오르는 섬광 줄기
소스라치는 전율

대동맥 좌우심방 지나
하지 말단까지 실핏줄 뻗어간다

태양이 뜨거운 대낮에도
번개는 무수히 일어나
갈라지며 뿌리를 내린다

눈에 보이지 않는 소리 빛
모세혈관으로 빨려 들어간다

걸레

나도 구분한다

이것은 검고
저것은 하얗고
그것은 누렇다

구린내 나고
김치냄새 나는
운명으로 살아야 하지만

뜨거운 욕망과 분노와 우둔함으로
근원적 죄악까지 닦아낼 수 없는
그래, 나는 걸레다

그대 마음속 애증을
닦아내지 못한다면
나는 걸레가 될 것이다

결벽증

손을 씻는다 깨끗이 씻는다
어디서 왔는지 밝힐 수는 없다

상처가 났다 쓰라린 상처가
언제부턴지 온몸을 기어다닌다

빨개진 얼굴이 더 빨개졌다
너를 받아들일 시간이 필요하다

나는 많은 작별을 겪었고
마지막 결별을 나는 알고 있다

너와 함께 산다는 것은
열꽃이 시들 때까지 침묵하는 것

붉은 껍질이 터졌다
코끝이 시큰하고 가슴이 싸하다

아무도 내게 말을 걸지 않았다

나는 무서워 내게 말을 걸었다

괜찮아.
괜찮지.
괜찮아질 거야.

그래,
지나간 것은 다 괜찮아

그것은 사고였어

언제나 혼자였던 아이

발뒤꿈치부터 땅을 디디며
발가락 쪽으로 몸을 실어
발걸음을 옮기며 걷는 법을 배웠어

언제나 쓸쓸했던 아이

노래하며 발 구르기
모래밭에서 레고 쌓기
똥파리 조준해서 오줌 누기
오래오래 참았다 숨쉬기

멀리멀리 침 뱉기
공중 오래 떠 있기
뛰다 날다 추락하기
혼자 노는 법을 배웠어

언제나 외롭던 아이

우연히 아주 우연히
성모마리아 앞에서
사랑을 마주했어

두 손 모아 기도하면
풋풋한 작은 떨림
웃는 법을 배웠고
이별이 꽃이 될 때
사랑하는 법을 배웠어

그것은,
슬픈 거리에서
마주하는 눈물이었어

결 따라

오고
가고

결대로
나름대로

마음결
바람결
머릿결
살결
물결

아 아 앗
아무리 결이 많아도
아무리 몸이 달아올라도

숨결을 잃으면
안 돼
숨결만은 순결해야 돼

버나드 쇼 묘비명

— 우물쭈물 하다가
　내 이럴 줄 알았다

생각은 내가 하고
결정은 신이 한다고

할까 말까
할까 말까

때와 운명을 기다리다
무수히 잃어버린 것들

더 이상 갈 수 없는
회한의 계절

두 번 다시 올 수 없는
지금

우물쭈물
우물쭈물

더 없이
좋은 시절

그날

아침이 미쳤다

창틀이 휘어지고
싱크대가 경련하고
변기는 토하고
수도관은 터져버렸다

파파미솔도 파파파
시미솔레 도도도
18181818
82828282

앗!
혓바닥을 깨물었다
떨어지는 유리잔

침묵 속에 깨어나
뾰족한 날 세우며
반짝이는 시간들

나는 탈출하고 싶다

통증 · 가출 · 추락

그릇 깬 날
그릇 깨진 날
그릇 깨버린 날

금일 휴업

오늘 하루 쉽니다
휴대폰 전원 끕니다

눅눅한 장판, 발바닥에 달라붙는다
오므렸다 폈다 굼벵이처럼 느리게 기어가기
게을러 콧구멍 코딱지 파서 벽에 바르기
숨쉬기 귀찮아 죽은 척 누워있기
무작정 구름 따라 한가로이 흘러가기
사랑하냐고 묻는 그에게 사랑한다는 말 미루기

우두커니 멍 때리고 있다 눈 감고 하늘 본다
헝클어진 사자머리 하고 거실 바닥에서 뒹군다
귀로 물 마시고 입으로 뱉고, 배꼽으로 하품한다
무심한 듯 충만한 하루 목욕탕 때 빼러 갑니다
내부 수리 중
금일 휴업
삼팔따라지, 열 받지 마십시오
맞춤법 틀렸다고 욕하지 말고
잠시, 쉼표를
이솝, 거북이는 쉬지를 못합니다

기억의 자리

수면 아래
가라앉은

아주 오래된
아주 가까이 된

내
기억의 저편

아무리 불러보아도
되돌아 볼 수 없는 그 시간

아픔 속
되돌리려 할 때마다

악마의 소리
역회전 메시지

자살하라고

따가운 나날들

바리깡으로
머리를 민다

바닥에 널브러진
불규칙한 무늬들

무성생식하며
자기 복제하는 낡은 기억들

혼자서 배회하던
달콤한 눈물 쓴웃음

빗자루에 쓸려
쓰레기통에 담긴다

머리는 머리카락을
기억하지 못한다

민머리를 때리는 햇살
너의 시선들이 따갑다

2부

낙화의 유혹

지리산

지리산에 오면
벙어리도 말문이 터진다

— 지리산에
— 있었다느니
— 했다느니
— 였다느니

침 튀겨가며 발광이다

너희가 지리산을 알아?
귀머거리 환청마저 들린다

노고단
철쭉 왜 붉은지

피아골
피 맛이 왜 비릿한지

섬진강
낙조 왜 그리 슬픈지

몸살 기운 달고 사는 내가
햇빛이 왜 부끄러운지

사람이 사람이 아닌
짐승이 짐승이 아닌
울부짖는 트라우마

도대체 내게 무슨 일이 일어난 것인가

조용히 해라
조용히 해라
제발 씨부리지 마라

죽죽 비가 내리는 날
나는 습관처럼 눈을 감는다

웅크린 덩어리였다가
흩어지는 안개였다가

할미꽃 또는 민들레

섬진강에는
김용택 없다

김용택 닮은
사람 있다

김용택 집에는
김용택 없다

할미꽃
하얀 민들레
주인 기다리는 편지 있다

흘리고 간 휴대폰
김용택 없다

김용택
김용택
김용택
찍힌 이름 있다

가시새
— 괴테의 연인

전설로 핀
근친상간의 백장미

흐릿한 달빛 아래
속삭이는 꽃잎

온몸 비벼대며
토해내는 신음소리

졸린 목 타고 내리는
하얀 선혈

그녀는 바로
신이 보낸 가시새

거미

바람에 나부끼는
투명한
그물 한 채

젖 실에서 뽑은 실
둥글게 둥글게
그물을 치는 어부

몸 밖으로
나온 유액
치명적인 끈끈이

숨을 헐떡이며
날갯짓하는
나비 한 마리

감출 수 없는
욕망
공중에 매달려 있다

거울

그녀는 누구인지 모를
거울 속 여인이다

가슴을 느끼려 하지만
싸늘하게 차갑다

늘 반사되는
시선 뒤로 물러서

뒤에 있는가 싶어
뒤돌아봐도

볼 수 없는
가련한 여인이다

화절령

두위봉 칠부능선 안개 자욱한 운탄고도
흑마장군 지나가면 까만 별들이 흩날리고
이른 봄 노란 복수초, 잔설 밭 꽃대 시리다

가도 가도 끝없는 하늘 먼 길 돌아와
망초 꽃 벙글 듯 살을 에고 봄을 베는
너도 나도 바람꽃 엎드려 몸 낮춰 피었다

꽃꺾이재 물든 연분홍빛 고운 빛
진달래 따는 여인 누가 죽어 꽃이 됐나
홀아비바람꽃, 가녀린 세월 애달프다

징검다리

한 뼘만큼
나쁜 놈만큼

거 · 리 · 두 · 기

허구와 진실
알 수 없는 간극

건 · 너 · 뛰 · 기

이맛골

반질반질
햇볕 잘 드는 곳

깊고 굵은
이랑 만들어
파종을 하네

계절 따라
바람 따라
콩 감자 옥수수도 심고

긴 밭고랑 사이
낮달로 뜬
누런 호박

골짜기마다
서러운 눈물

세월 마디마디
물마를 날 없네

순장 소녀 송현이

뼈를 묻을 수가 없었다

거부할 수 없던
운명의 날로부터 지금

사이보그
로봇 사피엔스 시대

광란의 아리아 울려퍼진다

뼈를 맞추고
살을 붙이고
눈빛을 살리고

비사벌 순장 소녀, 송현이
제5원소로 다시 태어났다

금동 귀걸이 한 짝 반짝인다

낙화의 유혹

하얀 약 봉지
한 알 두 알 세 알
후둑 후두둑

삶이
눈물이
희망이

알록달록
흐드러진 꽃잎
떨어져 눕다

한강 난간 잡고 내려다본 강물 얼마나 무서웠을까
신발 벗어두고 올려다본 하늘 얼마나 무서웠을까

나, 다시 돌아갈래
나, 다시 돌아올래

다리 없는 의자

다리 없는 의자
파도에 밀려와 너부러져 있다

빠진
부러진
부서진

잠식되어가는 생각들
무엇으로부터의 자유인가
무엇을 위한 반항인가

나는 앉은뱅이
바닥을 사랑하고
길쭉하게 뻗은 다리를 질투한다

빠진
부러진
부서진

관자놀이에 박힌 나사를 돌려 뺀다
가슴에 박힌 칼을 뽑는다
구멍이 뻥 뚫려있다

쓰러지고
엎어지고
고꾸라져서
표류하는

나여,

닳아버린 연골
조립되는 다리
관절 마디마디 구멍이 아프다

백사장을 엉금엉금 기어가는 나

해답을 위하여

저쪽에서 던진 질문
이쪽에서 찾는 답
왜 답을 찾아야 하는지
의문부호는 항상 나를 따라 다닌다

부르주아로 살든
보헤미안으로 살든
색색의 옷을 바꿔 입을 뿐

내가 믿는 것은 그대가 믿는 것
모서리를 맞추면 중심은 절로 따라오는 것

운명을 결합하고 풀기 어려운 실마리
의심은 죄가 되는 것

나는 탑을 쌓는다
쌓아 올린 재단 위에
하나의 눈을 만들어 하늘을 본다

사막에서 사라진 낙타의 발자국
밤은 어둡고 별은 너무 멀리 있다

미라

깨우지 마라
야금야금 먹혀버린 저주가
어둠 속에 잠들고 있다

지우지 마라
내가 본 마지막 하늘
까맣게 타들어가던 그 눈빛을

신성한 피로 물든 제단에
달아오르는 신의 계시는
바람보다 뜨거우니

메마른 육신을 쓰다듬으며
영혼은, 오늘도
억겁 세월의 강을 건너가리니

풀지 마라, 차라리
아득히 삭아 내린
불모의 시간을 잠들게 하라

계약

영혼을 팔았다
악마에게

사랑을 팔았다
큐핏에게

얼마에 사고 팔았는지
묻지 마라

예측할 수 없는 이별
대가를 바랄 수 없기에

우리
둘 사이에 놓인 탁자

그 탁자 위에
커피 두 잔, 빵 두 개, 책 한 권
메모지 한 장, 만년필 하나

불행이 더욱 성실하다 했던가

행복은 연장하고
불행은 파기하고 싶다

3부

엔딩 크레딧

리트머스

늘
함께 있으면서도

나는 네가

산성인지
알칼리성인지 알고 싶어

나의 손길에
나의 입술에

나는 네가

붉게 변하는지
파랗게 변하는지 알고 싶어

그런데
참 이상한 건

우리가 만날 수 없을 때

마음이 너를 향해
보랏빛으로 물든다는 것

디지털

참, 거짓
예스, 노
그렇다, 아니다

하얀 거짓말로
검은 진실을 말하고
구름을 삼키고
동물의 뼈다귀를 뱉어낸다

블랙코미디로
참과 거짓 사이
외줄을 타고 있는
이분법 조화

끝없이 반복되는
0과 1이며
복제될 수 없는 원형이다

그림자

빛이
어디서 오는지

시간은
어디로 가는지

내
머리

내
가슴을 뚫고

내
발끝에서 움직인다

결코
달아날 수 없는 침묵

아바타

부재의 공간
숨죽이고 있던
분화된 분신

생명을 얻어
주인 행세를 하네

기회를 엿보던
아이 같은 어른
어른 같은 아이

공격성을 드러내며
으르렁거리는
매 맞던 아이

엄마를 앗아간
동생을 밀어내고

자기만의

동그라미 안에서
퇴행하는 자폐

고추를 달고 싶은
딸 그만

키스해 줄
왕자를 기다리는
잠자는 숲 속의 공주

푸른 하늘을
그리워하는
해맑은 얼굴

미워하면서 닮아버린
자기를 사랑하는
복제된 거울 속 자아

거기 숨어 있었네

아카펠라

성호를 긋고 무릎을 꿇는다
성부와 성자와 성신의 이름으로

천사의 그림자 지나가고
로즈윈도우에 빛이 든다

숭고해지고
감미로워지며
충만해지리

하늘을 오르기 위해
하늘을 내려와야 한다

천상의 목소리
지상의 목소리

정신착란과 죽음에 대한 충동

하나의 은유로

하나의 몸짓으로 전하는 전율
창조와 파괴
삶이며 죽음이며 부활이다
삼위일체 하나의 화음

숭고해지고
감미로워지며
충만해지리

엔딩 크레딧

숨어있던 사람들이 나타나고
죽은 이들의 이름이 올라온다

나는 먼지를 뒤집어 쓴 채
아직도 누워있다

슬그머니 지나가는 발자국들
살아있는 마지막 형벌의 시간들

누군가 와서
나를 두드린다

빗장 걸린 가슴속으로
열쇠를 밀어넣고 힘껏 돌린다

숨은 멎고
영화는 끝났다

나를 바라보고 있는
저 쓸쓸한 침묵

밤꽃

밤꽃이 피는 유월은
불륜의 달이라며 수작을 부린다
어쩌란 말인가
밤꽃 바람이라도 피워 보잔 말인가

유월의 어느 비개인 날
바람에 떨어지고
비에 젖어 있는 밤꽃
그저 허망한 사랑의 유혹에 헛웃음 짓는다

물큰 비릿한 밤꽃 향기

리셋 증후군

게임시작

ㄱ

　ㄱ

　　ㄱ

　　　ㄴ

　　　　ㄴ

　　　　　ㄴ

ㄷ ㄹ ㅁ

열을 맞추고
행을 맞추고
빈 곳을 찾아 끼워 넣고
손은 마음보다 빠르다
화살표 방향 따라
오른쪽 왼쪽
위로 아래로

아

아
아
어
어
어

시간은 쏜살같이 내려온다
마음은 어느새 손보다 빨라졌다
목이 차고 말았다
채워지지 않은 구멍들
게임종료
졌다!

인생 다시 시작할 수 있다 없다?
테트리스 다시 시작할 수 있다 없다 있다?

이제까지 연습이었다
한 번 더 살아볼까
죽어볼까

배치물

넓은 거실 벽면엔 생각의 그림이 걸려있고
그림 아래 등받이 긴 의자 하나 놓여있다

쪽창 하나 달려있는 높은 천장
거미 한 마리 줄을 타고 내려온다
바퀴벌레 한 마리 빠르게 지나간다 ·

등이 긴 의자 늘어났다 줄어드는 것처럼
오후 11시는 새벽 2시로 늘어나고
새벽 2시는 오후 6시로 줄어든다

목이 긴 사슴 다리가 짧아지고
뚱뚱한 하마 다리가 길어졌다
코끼리 다리가 사다리처럼 올라간다

핑크 팬더가 되어가는 카멜레온
쪽창에서 떨어지는 빛은 산란 중이다

붙박이 벽에 걸려 생각하는 그림

옆집 사람이, 바깥 세상이 궁금하다
벽을 타고 오는 드릴 소리
흔들리다 떨어질 것 같다

당겨보지도 못하고
만져보지도 못하고
거미 빛줄기 타고 올라간다

부표

빛이 없는
심연

나 여기 있소

구원을 기다리는
처절한 몸부림

바늘구멍 빛이라도
내겐 희망이라오

갈라진 목구멍
소리 없는 흐느낌

나 여기 있소

바람결에 떠도는
환청

그게 나요
나,

하염없다
하염없다

숨
끊어지겠소

보트 피플

거울 속에 사람들이 기어 다닌다
하나는 둘이 되고 넷은 여덟이 되고
수 없는 분열 속에 거울 속은 꽉 찼다

벌레들이 거울 밖으로 기어 나온다
땅으로 기어오르고, 바다로 떠오르고
하늘로 날아오르고 거울 밖에도 꽉 찼다

허공에서 깨어진 거울의 파편
바다 위로 떨어진다
별처럼 눈처럼 꽃처럼

무채색

하얗게

텅
비어
볼 수 없는
서러움

까맣게

꽉
차서
보이지 않는
그리움

난독難讀

그림 속 얼굴이 나를 보고 있다
나는 그의 이름이 생각나지 않는다
기억상실증이 재발한 모양이다

입을 벌린다
눈을 찡그린다
콧구멍을 후빈다
귓불을 잡아당긴다
머리카락을 헝클어 본다

모르는 의미나 추억을
분쇄기에 갈아버린다

눈이 네 개 달린 괴물이
확성기를 들고 소리를 질러댄다
모여서 잡담을 던지는 낙오자들

난로 위
주전자 물이 끓고 있는가

식어가고 있는가
아니 얼고 있는가

비어있는 눈
반쯤 벌린 입
낯설지 않은 상상
그림 속에 숨은 그림

풍경을 드러내지 않은 채
벽면을 움켜잡고 있는 추상화 한 점

납골, 멸치 대가리 몸통 꼬리

"용선이가 간 지 며칠 됐어"
"너한테 연락 못 했어"
"시간되면 한번 와라"

늦은 점심
허기는 지고
젓가락은 망설인다

맛없는 밥
맛없게 먹고 있다
된장은 짜고
두부는 쉬고
김치는 맵고
맨밥은 목이 멘다

앞 사람
멸치볶음
내 앞으로 밀어 준다

멸치 대가리
몸통
꼬리
멸치 대가리
몸통
꼬리

맛없이 반복한다

우물우물
밥알이 목에
걸려
가시처럼

배심원

TV를 보고
그 사건을 알았다
그는 칠 년 동안 숨어 있다 잡혔다

그 어떤 인과관계도 없는
그와 나 사이
난
보편적인 규범으로
그의 죄를 판단하려 했다

그런 그의 눈빛은
나의 마음속에 숨기고 있는
범죄를 알고 있는 것 같았다

그는 내 머릿속으로 들어와
나를 조종하려 한다

그리고 그는
범죄의 현장을 묻어버릴 협력자가 필요하다

그는 무수히 머리 박으며
악을 쓰며 나에게 달려든다

나는 무죄야
나는 죄인이 아니야, 아니란 말이야

무섭다
나는 그의 맞은편에 서서
피를 뚝뚝 흘리고 있다

나는 법의 기준을 벗어나고 있다

평행

평원을 달리고
산길을 돌아
목적지에 도착해도

언제나 나란히 간다

평행의 폭만큼
거리를 두고
시간을 두고

닮은 인생이 그곳에 있다

시간의 연속성 속에
그가 그인지
그가 나인지

간이역에서 스치는 낯선 사람

4 부

즐거운 배설

놋그릇 닦는 여인

마당에 너부러진 놋그릇
푸르다 못해 검푸르다
닦다 만 얼룩덜룩한 눈물 자국

제삿날도 아닌데
일상의 발작처럼
가슴앓이가 도졌나 보다

바람에 펄럭이는 지아비
심장을 도려내는 시앗
치맛자락에 매달린 새끼들

하늘을 보고 말하랴
땅을 보고 말하랴
그렇다고 바람에 날려 보내랴

검푸른 녹이 묻은 손
한숨을 토해내는 넋두리
동네 한 바퀴 휙 돌고 돌아

얼기설기 얽힌 삶의 굴레
시퍼렇게 녹이 슨 놋그릇
양잿물로 닦아도 닦아도
하루도 못 가 녹이 스는,

변질, 아름다운 사랑

시를 짓거나
이별을 노래한다는 것은
지리멸렬과 쓸데없는 확인, 증오
고통을 질식시키는
뻔뻔한 음모를 말한다

사랑을 기다리면서 기다림이 부끄러워진다
부끄러워지는 것은 사랑이 아니다
내 육중한 품안에 안겨 있는
그의 빈약한 몸무게를 뺀 것을
계산한다는 것은 바보짓이다

추억 속에 머무는 사랑을 위해
바람은 추억을 잠들게 한다
사랑은 파멸을 가져오지 않는다
뼈와 살이 타고 나면
사랑의 기다림조차 더욱 감미로울 뿐

그놈들

지구본 어디쯤
하늘 어디쯤
동 서 남 북
방향도 모르는데

한 놈은 미국으로 가
십여 년 살다 와서 하는 말
나의 첫사랑은 너였어

또 한 놈은 얼마나 있다 올는지
독일로 간다며 하는 말
나의 마지막 사랑은 너였어

젠장
그놈들은 내게 알파며 오메가였던가

차갑게 돌아서는 불꽃의 갈증
내 사랑의 오르가슴을 위하여

건투
이슬레

커피와 와인에 적셔, 너를

햇빛 토양 비
그리고
신선한 공기

잘 익어가는 열매들
포도
원두

달콤한 와인
쌉쌀한 커피
혀끝에 감돌고

나는
너를
머리에서 발끝까지
맛본다

너의 배경
너의 얼굴

나의 초능력을 맛본다

한 모금 입에 넣고
굴리는 맛
기다릴 수 없다

한입에 털어 넣고
나는 너를 꿀꺽 삼킨다

나는 너를
간 봤다

상가 이야기

한 달 전
한 분이 가셨다
고인은
친구 동수 아버님이시다
장례식장은
동수 사무실
상갓집에서는 보통
화투 치며 긴 밤 지새우기 일쑤다

오늘도
한 분이 가셨다
고인은
거래처 김 과장 어머님이시다
장례식장은
바다가 보이는 횟집
동창끼리 술잔을 부딪치며
가신 분들의 영면을 기린다

동수 아버님 호상하시고

김 과장 어머님 천수하시고
이미 돌아가신 나의 부모님

허허
고얀 놈들

즐거운 배설

어떤 놈은 똥 싸다
노래 만들었다더니
똥 누다 문득 시상이 떠오른다
젠장, 어디 적을 데도 없는데
쪼그리고 앉아 벽을 본다

앞에
오른쪽 보세요

오른쪽
왼쪽 보세요

왼쪽
뭘 봐

보는 사람 없어도
벽은 벽이라

꽃마을 가는 길
— 비밀의 정원

밤이다

꽃과 달
정사 중이다

밤은 깊어만 가고
고양이 발걸음처럼
살금살금 다가오는 새벽

꽃을 껴안고 있는 달
정념 속으로 사라지고
꽃잎 속에 숨은 수술
향기를 뿜어낸다

생명을 얻는 향연
은밀한 몸짓이다

술 · 기도

악어 눈물만큼만 달라는 손
잔이 넘치도록 부어주는 손

마주 잡은 손
흘러넘치는 눈물

무지와 오해

치악산 까치
해운대 바다로
곤두박질치네

촌놈

푸른 건
다 하늘인 줄 알고
또, 솟구치네

덤 앤 덤

— 맛있는 생각으로 간을 맞추고
흐뭇한 만족으로 풍경이 있는 삶
— 덤 플러스

장사꾼이 밑지는 거 봤어?
제값 주고 사면 손해 보는 것 같아 억울한 기라

바보맹키로 바가지 안쓸라카몬
요것조것 꼼꼼히 따져봐야 하는 기라

라면 네 개 사면, 하나 더 준다카네
개업이라고 낚시질하는 찌라시에도 억수로 좋은 기라

우리 인생도 제값 주고 태어났는지
삼신 할매께 매매 따져봐야 하는 기라

세상에 공짜는 없다케도
밑지고 주는 덤은 있다카이

몽타주

현상금은 얼마나 걸렸는지 알 수 없다

정면으로 찍혀 있는 얼굴 빈자리
열십자 기호 아래 낙인 된 수배번호
나를 찾지 마라, 흔적만 남길 뿐
목덜미에 느끼는 서늘함
정신 나간 머리 출렁거린다

그것은 분명 거기 있지 않았다

균열로 갈라진 틈으로 소름이 돋고
지층에서 올라오는 수상한 기미
임파선 타고 붉은 점 꽃 핀다
존재감 드러내지 않는 조용한 미소년
숨구멍 뒤로 숨은 분노, 예의 바르고 친절하다

몇 년째 그는 도피 중이다

지폐, 동전 혹은 과일

사과를 살까
배를 살까

속이 검은 수박을 살까
벌레 먹은 복숭아
이빨 빠진 참외를 살까

엄마는 딸기를 좋아해
언니는 풋사과를 좋아해
나는 냄새나는 절망을 좋아해
아니야 딸기잼을 더 좋아해

딸기는 멀리 있고 포도와 수박은 뒤따라오고 있다.

뭘 찾으시나요
새는 어디로 날아갔나요
곰 발자국은 언제 지워졌나요
북경반점은 어디로 옮겼나요

서랍 속을 뒤지고
머릿속을 뒤지고

냉장고에서 김치를 꺼내 김치말이를 해야지
발바닥은 뜨거워지고 기억은 얼어버렸다

지폐, 동전 혹은 과일
수박밭을 사기엔
원두막을 사기엔
포도밭을 사기엔

잠수함을 타고 갈까
비행선을 타고 갈까
다 떨어진 나이키 운동화
질질 끌고 걸어가야 할 것 같다

동전 몇 개 뿐
비트 박스

가족

너도
나를
버리고 싶은 날이 있었니

나도
너를
버리고 싶은 날이 많았다

아무도 모르게
버리고 싶었던
아, 진눈깨비 웃음

어머니의 이름

아버지의 어머니와
내 어머니의

욕망에 의한

아버지의 아버지와
내 아버지의

부재에 의한

영구미제로 남을
여자 여자 여자

공감각적 상상력과 (무)의미의
여백으로 구축한 현대시

권　온(문학평론가)

　59편의 시로 구성된 윤유점의 시집 『내 인생의 바이블 코드』는 근래 보기 드문 다채로운 상상력의 전개가 돋보이는 역작이다. 필자는 「어머니의 이름」 「가족」 「그림자」 「낙화의 유혹」 「내가 잘하는」 「누구의」 「디지털」 「리트머스」 「지리산」 「할미꽃 또는 민들레」 등 10편의 시를 중심으로 윤유점의 시 세계를 고찰하려고 한다. 필자는 소박하고 단순한 구도 속에서 펼쳐지는 시인의 따뜻한 성찰이 독자들의 가슴에 잔잔한 감동의 파문을 일으킬 것으로 믿는다.

　　아버지의 어머니와
　　내 어머니의

　　욕망에 의한

아버지의 아버지와
내 아버지의

부재에 의한

영구미제로 남을
여자 여자 여자

　　　　　　　　　—「어머니의 이름」 전문

　시의 화자 '나'는 아버지와 어머니의 '욕망'의 산물이
다. 아버지와 어머니의 자식으로서의 '나'는 아버지와 어
머니를 알고 싶다. '나'가 '아버지의 이름'과 '어머니의 이
름'을 탐구하려는 까닭이 바로 여기에 있다. '욕망'이라는
매개로 얽혀있던 부부 관계는 남편 또는 아내의 '부재'가
발생할 때 불완전한 상태에 이르게 된다. "내 아버지의/
부재"는 '나'의 어머니를 "영구미제로 남을/ 여자 여자
여자"로 규정하게 하는 원인이다. 3회 반복되는 '여자'는
남편을 상실한 아내의 심각한 고독을 드러낸다. 우리가
'영구미제'라는 단어에서 추정할 수 있는 바는 어머니의
소외가 영원히 치유될 수 없으리라는 사실이다.

　너도
　나를
　버리고 싶은 날이 있었니

나도
너를
버리고 싶은 날이 많았다

아무도 모르게
버리고 싶었던
아, 진눈깨비 웃음.

—「가족」 전문

'가족'이라는 말이 전달하는 감정의 스펙트럼은 무척
넓다. 한없이 따뜻하다가도 느닷없이 쓸쓸해지는 단어
가 '가족'이 아닐까. 시의 화자 '나'에게 '너'라는 이름의
가족은 어떤 의미로 다가오는가. '너'에게 "나를/ 버리고
싶은 날이 있었"듯이, '나' 또한 "너를/ 버리고 싶은 날이
많았다"는 표현에서 우리가 주목하는 바는 동사 '버리다'
이다. '나'를 포함하는 가족은 상처로 가득하다. '나'는 가
족에게, 가족은 '나'에게 망각의 욕망을 불러일으키는 짝
패가 될 수 있기 때문이다. 물론 가족을 향한 도피와 회
피의 바람이 공개적이어서는 곤란할 것이다. 가장 내밀
한 인간관계로서의 가족 내부에는 비밀이 존재한다. 이
시의 갈무리에 해당하는 "아, 진눈깨비 웃음."은 꽤 의미
심장하다. 플러스로서의 '웃음'과 마이너스로서의 '진눈
깨비'가 안타까움으로서의 감탄사 '아'와 조우하는 순간,
양가적 의미로서의 '가족'은 비로소 완성된다.

빛이
어디서 오는지

시간은
어디로 가는지

내
머리

내
가슴을 뚫고

내
발끝에서 움직인다

결코
달아날 수 없는 침묵

—「그림자」 전문

   '그림자'는 우리 주변에서 비근하게 관찰할 수 있는 현상이다. 시인으로서의 윤유점의 장점은 평범한 사물이나 대상의 배후에 위치한 긴요한 질서를 발견한다는 사실과 무관하지 않다. 그림자를 바라보는 시인의 눈은 '빛'의 과거와 '시간'의 미래를 추적한다. 그림자의 근원으로서의 빛과, 그림자의 소멸로서의 시간을 동시에 사유하는 시인의 저력이 놀랍다. 그림자가 '머리'와 '가슴'을 뚫는다는 표현 역시 예사롭지 않다. 이 시는 단순한 흥미나 소박한 재미의 수준을 뛰어넘는다. 발끝에서 움직이는 '그림자'를 "결코/ 달아날 수 없는 침묵"으로 규정하는 운유점의 상상력이 놀랍다. 시각과 청각을 통합한 시인의 공감각적 상상력은 현대시의 살아있는 전범이 될 수 있는 것이다.

    하얀 약 봉지
    한 알 두 알 세 알
    후둑 후두둑

    삶이
    눈물이
    희망이

    알록달록
    흐드러진 꽃잎
    떨어져 눕다

    한강 난간 잡고 내려다본 강물 얼마나 무서웠을까
    신발 벗어두고 올려다본 하늘 얼마나 무서웠을까

    나, 다시 돌아갈래

나, 다시 돌아올래

—「낙화의 유혹」 전문

　윤유점 시인이 제시하는 '낙화'는 꽃이 시들거나 말라서 떨어지는 현상을 가리키는 사전적 개념이 아니다. 그가 말하는 '낙화'는 자기의 목숨을 스스로 끊는 행위인 '자살'을 뜻한다. 시인은 이 시에서 모든 '희망'을 상실한 '삶'은 '눈물' 속에서 자살에 이르게 된다는 전언을 시적으로, 은유적으로 우리에게 전달하고 있는 것이다. '꽃잎'이 떨어지는 방법에는 어떤 것들이 있을까. "하얀 약봉지"에 담긴 '약'을 먹고서 낙화하는 방법이 있을 것이고, "한강 난간"에서 '강물'을 내려다보거나 '하늘'을 올려다보며 뛰어내리는 방법이 있을 것이다. 그렇다면 5연의 표현 "나, 다시 돌아갈래(돌아올래)"는 어떻게 이해해야 할까. 이창동 감독, 설경구 · 문소리 주연의 영화 〈박하사탕〉(1999)이 떠오르는 순간이다. 자살이라는 극단적 선택을 감행하는 바로 그때 가장 순수했던 시절, 가장 행복했던 시간으로 돌아가고 싶은 불가능한 바람이 솟아오른다.

　만화책을 보다가
　키득키득
　뛰다가 넘어져도
　깔깔깔

여자는
웃음이 많으면 안 돼
어린 딸에게
아버지는 그렇게 말씀하셨다

난 여전히
잘 웃는다

이 세상은
고해로 가득해서
배꼽 빠지게 웃다가
눈물 나듯이

울다가
웃는다

—「내가 잘하는」 전문

'아버지'가 '어린 딸'에게 "여자는/ 웃음이 많으면 안 돼"라고 말한 까닭은 무엇일까. 아버지는 어린 딸이 장차 조신한 숙녀로 성장하기를 바라는 마음에서 그렇게 말씀하셨을 것이다. 다행스럽게도 '키득키득'이나 '깔깔깔' 같은 웃음소리가 잘 어울리던 소녀는 무탈하게 자라서 성인이 되었다. "난 여전히/ 잘 웃는다"는 시의 화자 '나'의 현황을 잘 드러내는 발언이다. 필자는 이 시의 핵

심이 4연과 5연에 위치한다고 생각한다. 시인의 언급대로 "이 세상은/ 고해"이다. '내가 잘하는' 것은 웃음이지만 때때로 '나'는 '눈물'을 흘리고 울어야 하는 것이다. 걱정과 불안과 고통의 바다에 포위된 삶 속에서 시인은 오늘도 웃음을 잃지 않기 위해서 끊임없이 노력하는 중이다.

　　누구의

　　엄마며
　　아내고
　　딸이며
　　친구다

　　무수히

　　참견하고
　　사랑하고
　　비판하고
　　상처 주고

　　나는

　　누구를
　　버리지 못하는

보이지 않는
시선

내가

하지 않으면
안 될 것 같은
멈출 수 없는
오지랖

— 「누구의」 전문

　당신은 여자의 일생에 관해서 생각해 본 적이 있는가.
여자는 태어나면서 누군가의 딸이 된다. 자라면서는 누
군가의 친구가 되고, 결혼 후에는 누군가의 아내로 자리
매김한다. 또한 자식을 낳으면 엄마가 된다. 여성은 딸,
친구, 아내, 엄마라는 다양한 관계 속에서 누군가에게
"참견하고/ 사랑하고/ 비판하고/ 상처 주고" 하는 여러
가지 행위를 해야만 한다. 윤유점 시인은 이 작품에서
"누구를 버리지 못하는" 곧 가족과 친구 같은 내밀한 사
람들을 쉽게 포기할 수 없는 강인한 여성의 면모를 가감
없이 보여준다. '나'의 '오지랖'이 넓을 수밖에 없는 까닭
이 바로 여기에 있다.

　참, 거짓
예스, 노

그렇다, 아니다

하얀 거짓말로
검은 진실을 말하고
구름을 삼키고
동물의 뼈다귀를 뱉어낸다

블랙코미디로
참과 거짓 사이
외줄을 타고 있는
이분법 조화

끝없이 반복되는
0과 1이며
복제될 수 없는 원형이다.

—「디지털」전문

윤유점이 바라보는 '디지털' 세상 또는 '스마트' 세계는 '이분법'으로 충만하다. 참과 거짓, 예스와 노, 그렇다와 아니다, 0과 1 등 무수한 이분법의 행렬이 우리 시대의 자화상을 형성한다는 것이 시인의 진단이다. 그는 독자들에게 이분법의 위태로운 반복 속에서 조화에 이르는 길을 모색할 것을 제안한다. 시인에 따르면 우리는 '하얀 거짓말'을 투입하여 '검은 진실'을 생산할 수 있고, '구름'을 넣어서 '동물의 뼈다귀'를 꺼낼 수도 있다. 현대인에

게 복제가 불가능한 단 하나의 원형을 찾는 일은 영원한
유토피아를 향한 노스탤지어가 될 수 있는 것이다.

늘
함께 있으면서도

나는 네가

산성인지
알칼리성인지 알고 싶어

나의 손길에
나의 입술에

나는 네가

붉게 변하는지
파랗게 변하는지 알고 싶어

그런데
참 이상한 건

우리가 만날 수 없을 때

마음이 너를 향해

보랏빛으로 물든다는 것
—「리트머스」전문

윤유점 시의 한 축을 이루는 지점은 '에로스'와 무관하지 않다. '리트머스'는 시의 화자 '나'의 '너'를 향한 감각적 사랑을 드러내는데 적절한 사물이다. "나의 손길"에 네가 붉게 변한다면 너는 산성일 것이고, "나의 입술"에 네가 파랗게 물든다면 너는 알칼리성이 된다. 사랑의 본질을 간파한 윤유점 시인에 따르면 함께 있는 순간보다도, "우리가 만날 수 없을 때" 너를 향한 나의 마음은 애달프다. 그리하여 부재의 역설 속에서 사랑의 효과는 극대화된다는 그의 전언에 귀 기울여야 하는 독자들이 적지 않을 것이다.

지리산에 오면
벙어리도 말문이 터진다

– 지리산에
– 있었다느니
– 했다느니
– 였다느니

침 튀겨가며 발광이다

너희가 지리산을 알아?

귀머거리 환청마저 들린다

노고단
철쭉 왜 붉은지

피아골
피 맛이 왜 비릿한지

섬진강
낙조 왜 그리 슬픈지

몸살 기운 달고 사는 내가
햇빛이 왜 부끄러운지

사람이 사람이 아닌
짐승이 짐승이 아닌
울부짖는 트라우마

도대체 내게 무슨 일이 일어난 것인가

조용히 해라
조용히 해라
제발 씨부리지 마라

죽죽 비가 내리는 날
나는 습관처럼 눈을 감는다

웅크린 덩어리였다가
흩어지는 안개였다가

　　　　　　　　　　　　　　—「지리산」전문

　　간혹 개인적 체험과 사회역사적 상상력이 기막히게 조
우하는 순간이 있다. 윤유점 시인에게 '지리산'은 특별한
경험을 전달하는 시간과 공간이 된다. '벙어리'나 '귀머거
리', '발광'이나 '환청' 같은 어구에서 우리는 지리산이라
는 장소가 소박한 현실을 넘어선 환상을 유발할 수 있음
을 예감한다. 필자는 5연의 "왜 붉은지", 6연의 "왜 비릿
한지", 7연의 "왜 그리 슬픈지", 8연의 "왜 부끄러운지"
등의 표현에 표출되는 시의 화자 '나'의 감정에 주목해야
한다고 생각한다. 윤유점은 한국 현대사의 비극이 관통
하는 지리산에서 "울부짖는 트라우마"를 길어 올리면서
스스로를 성찰한다. 그가 "조용히 해라/ 조용히 해라/
제발 씨부리지 마라"라고 발화하는 까닭은 개인과 사회
가 만나는 역사적 순간을 향한 존중심과 관련된다.

섬진강에는
김용택 없다

김용택 닮은
사람 있다

김용택 집에는
김용택 없다

할미꽃
하얀 민들레
주인 기다리는 편지 있다

흘리고 간 휴대폰
김용택 없다

김용택
김용택
김용택
찍힌 이름 있다

— 「할미꽃 또는 민들레」 전문

　반복과 변주의 기법을 활용한 이 시는 윤유점 시인을
언어의 장인으로 규정할 수 있도록 돕는다. 전 6연으로
구성된 이 작품은 '없다'와 '있다'라는 형용사가 번갈아
출현하면서 흥미로운 리듬감을 실천한다. 1연과 3연과 5
연에서 반복적으로 제시되는 "김용택 없다"라는 표현 사
이에 위치한 '있다'의 변주가 이 시를 생동감 넘치는 수
작秀作으로 건설한다. 독자들로서는 작품의 표층에 드러
난 의미의 범위가 그리 크지 않지만, 작품의 심층에 위

치한 (무)의미의 여백이 커다랗다는 점을 기억해야 하리라.

끝으로 이번 시집의 표제시인 「내 인생의 바이블코드」를 함께 살펴보기로 하자.

　　수평선
　　수직선
　　사선

　　내 인생의 키워드 숨겨져 있다
　　우연을 가장한 계획된 설계였다

　　어느 시점 반복되는
　　해독할 수 없는 암호

　　기억할 수 없는 강
　　끊어졌다 이어졌다

　　믿을 수 없는
　　신의 마음 알 수 있을까
　　　　　　　　　—「내 인생의 바이블코드」 전문

시인에 따르면 우리네 인생에서는 '수평선'과 '수직선'과 '사선' 등 매우 다양한 사건이 발생한다. "내 인생의 바이블코드" 또는 "내 인생의 키워드"는 쉽게 파악할 수 없다. 흔히들 삶은 '우연'의 연속이라고 말하지만, 사실 그것은 "계획된 설계" 또는 '필연'의 축적일지도 모른다. 수많은 우연 중에서 하나의 우연을 선택하는 바로 그 순간, 필연의 인생이 시작되기 때문이다. 우연을 가장한 필연이 축적되면서 한 인간의 삶은 한 걸음씩 나아갈 것이다. 아이러니하게도 인생에서 반복적으로 출현하는 "해독할 수 없는 암호" 또는 "신의 마음"은 베일에 가려져 있는 것이 당연하다. 필멸의 존재로서의 인간의 삶은 비밀의 연속임이 틀림없다. 윤유점 시인에 따르면 가려져 있고, 숨겨져 있으며, 해독할 수 없다는 사실 자체에 인생의 본질이 위치하는 것인지도 모른다. 그리하여 태어나는 순간부터 죽음을 향해 전속력으로 달려가야 하는 인간 존재의 비극을 향한 가열한 질문의 예술적 현현이 바로 윤유점의 현대시일 것이다.